O livro dos sonhos

© 2023 by Veronica Stigger e Eduardo Sterzi

u m a   a v e n t u r a

Contravento Editorial
contraventoeditorial@gmail.com

Arte & Letra
contato@arteeletra.com.br

Edição
Natan Schäfer

Desenhos por
Eduardo Sterzi

ISBN: 978-65-88787-07-6

Berlin-DE/ Curitiba-BR
{ 2 0 2 3 }

S 855
Stigger, Veronica
    O livro dos sonhos / Veronica Stigger. – Curitiba : Arte & Letra; Contravento, 2023.
    80 p.

    ISBN 978-65-87603-43-8

    1. Ficção brasileira   I. Título

                                                                     CDD 869.93

Índice para catálogo sistemático:
1. Ficção: Literatura brasileira   869.93
Catalogação na Fonte
Bibliotecária responsável: Ana Lúcia Merege - CRB-7 4667

Veronica Stigger

O LIVRO DOS SONHOS:
EXERCÍCIOS DE ONIROCRÍTICA

Desenhos por Eduardo Sterzi

=

Coleção
As frutas das samambaias

Vol. 1

À BOCA DO BOSQUE:
ASCENDENDO AS VELAS!

Suponho que, com frequência, ao dormir as pessoas sonham. Porém, pouco da *poesia* que surge ao se apagarem as luzes se cristaliza e entra em circulação. Apesar disso, não foi sem espanto que, ao debruçar-me sobre este precipitado da noite que é o sonho, sucessivas buscas revelaram uma extensa lacuna no corpus editorial brasileiro, no qual a presença de volumes reunindo registros de sonhos é praticamente nula. A despeito da importância conferida aos sonhos noturnos pelos mais diversos agrupamentos humanos desde os primórdios da civilização, hoje, no Brasil, afora algumas exceções, como os *Cadernos de João* (José Olypmpio, 1957), de Aníbal Machado, e uma bibliografia esparsa tanto acadêmica quanto vulgar *sobre* o tema, no que diz respeito ao registro desta atividade anímica noturna o que reina é a aridez. Ao que parece, as letras brasileiras em seu conjunto concordam com a rainha Genebra e um dos capelães do Rei Arthur que, após ouvirem os sonhos deste último em Carduel, dizem-lhe: "Senhor, não esquente, pois sonhos não são nada"[1].

É com vistas a transformar o deserto em floresta, assumindo todas as inesperadas implicações disso, que damos passagem à coleção *As frutas das samambaias*, tendo o prazer de principiá-la com *O livro dos sonhos: exercícios de onirocrítica*, de Veronica Stigger e Eduardo Sterzi.

---

[1] Em francês, "Sire, fait il, ne vos chaut, car songes est noianz". Em *Sonhos premonitórios e o fim do mundo artúrico* (Presses universitaires de Provence, 1993), Jehanne Joly indica que também o herói de Guillaume de Palerme e os primeiros verso do *Romance da rosa*, de Guillaume de Lorris, trazem esta sentença.

Se o sonho é um objeto que pode ser qualificado como instável e cujo relato, isto é, o fruto de sua fixação, pode ser recebido como tedioso[2] ou frustrante[3], em um primeiro momento esta coleção seria um *erro*. De fato, concordo com Roger Caillois quando, em *A incerteza que vem dos sonhos* (Gallimard, 1956), ele afirma que toda tentativa de esgotamento do sonho e de seu sentido está fadada ao fracasso. Sem dúvida, o sonho é um elogio à incompletude e à cisão, inclusive do sujeito em tudo que ele tem de arredio a alicates e bisturis. No entanto, pergunto-me: por que isso impediria o registro de seus rastros em uma *obra*? Sobretudo, se lembrarmos que Flávio de Carvalho, em "Memória do não acabado" (*Ossos do Mundo*, Ariel, 1936), já se perguntava:

> *Por que apreciamos, por exemplo, a estatuária e a arquitetura mutilada pelo tempo? Por que compreendemos toda a emoção e toda a significação de um desenho feito*

---

[2] No artigo "Uma aplicação da teoria do gato de Shrödinger para entender o apocalíptico e contemporâneo Finnegans Wake?", Janices I. Nodari compara o livro de James Joyce a "alguém tentando contar um sonho logo depois de acordar", afirmando que suas frases "só fazem sentido para quem sonhou". Isso parece sintetizar um certo ponto-de-vista a partir do qual o sonho e seu relato só teriam valor para aquele que o sonhou e o conta. Esta perspectiva se filia àquela expressa por Sigmund Freud em resposta ao convite de André Breton para participar da coletânea *Trajetória do sonho* (Cahiers G.L.M, 1938), que este último organizava em 1937. Em carta a Breton, Freud justificava a recusa devido ao seu desinteresse pela publicação de "uma coletânea de sonhos sem as associações aí reunidas e sem o conhecimento das circunstâncias nas quais o sonho teve lugar (...)".

[3] Como, por exemplo, afirma Caetano W. Galindo no texto "James Joyce, Finnegans Wake" (Escamandro, 2014), para quem "contar um sonho para alguém usando a linguagem normal do cotidiano é uma das experiências mais frustrantes da nossa comunicação".

de traços interrompidos? Por que não desejamos consertar a coluna partida ou continuar o traço interrompido?

Mantendo a vitalidade graças à falta, o sonho se faz convite ao passeio[4] entusiasmado por enigmas e maravilhas.

Assim sendo, uma coleção dedicada à publicação de relatos de sonhos noturnos, iluminados por figuras e acompanhados de pré e posfácio elaborados de acordo com as singularidades de cada volume, espera abrir as pálpebras e o peito da curiosidade e do interesse sobre estas cristalizações da noite, colocando à disposição do público um corpus inédito oculto e que se supõe dotado de uma excepcional potência de *creação*[5].

Que esta coleção acenda luzes bruxuleantes, abra vasos comunicantes e circule movimentos sobre, rumo e a partir dos sonhos, tornando assim úmido o que era seco: eis aí minha maior expectativa.

Natan Schäfer
Berlin / Curitiba, 2021 - 2022

---

[4] Leia-se "passeio" tanto no sentido do verbo francês "flâner", que indica algo como caminhar erraticamente e sem um objetivo definido, quanto no sentido do verbo alemão "wandern", o qual dá origem ao conceito romântico de *Wanderlust*, que pode ser definido como o desejo de aventurar-se rumo ao desconhecido.

[5] Conceito desenvolvido por Sergio Lima a partir de Huberto Rohden. Em *O rasgo absoluto* (Debout sur l'oeuf, 2016), Sergio afirma que "a expressão 'creação' difere da 'criação', já que esta última se refere a uma produção em série ou mecanizada, sendo pois quantitativa. Enquanto que 'creação' implica em qualificação do único (...)".

Em italiano, sonho é bomba.

5 de agosto de 2013

Efeito Itália: olho-me no espelho e vejo que estou pesando 20 quilos a mais.

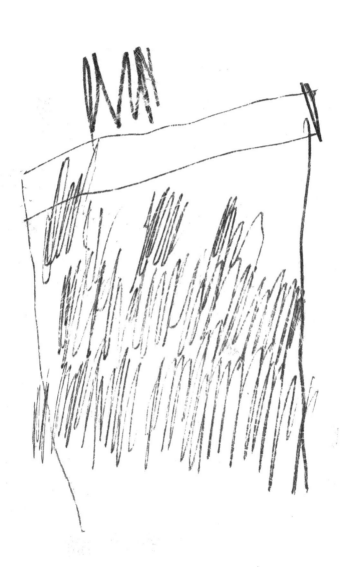

||
15 de junho de 2014

    Você lançava um CD de pagode com uma capa que era rememoração das manifestações de junho do ano passado. Eu convidava o Guto para ir ao show do Chico Buarque comigo e ele não queria ir por nada desse mundo.

III
14 de março de 2016

A Gretchen está dando aula de filosofia e arte na universidade.

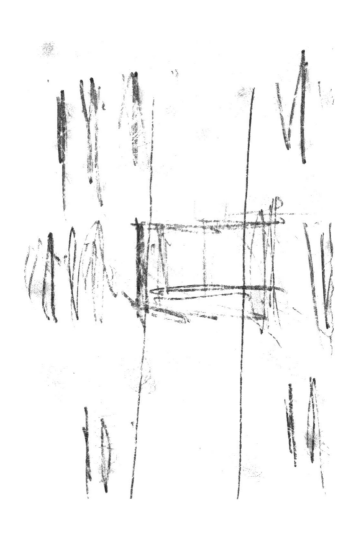

14 de março de 2016

    Era de tarde e eu pegava elevador com um povo para ver uma conferência sua. O elevador andava para os lados, balançando às vezes, como se tivesse vontade própria. Dava medo. Mas estávamos indo ver você.

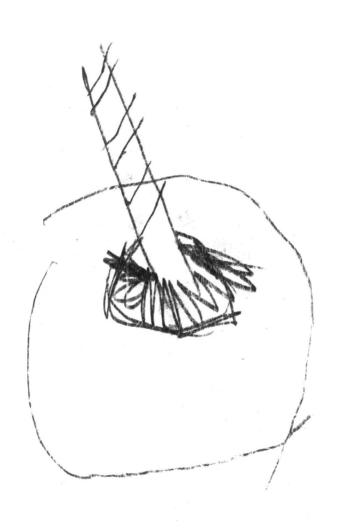

18 de março de 2016

Amanhece com nossa cozinha inundada. Em vez de chamar um encanador, compro uma passagem para Maceió e me mando para a praia. Tomo água de coco com a Susana, como sururu, passeio nas rendeiras, compro um vestido lindo de renda filé.

16 de maio de 2016

    Converso com a Júlia pelo *skype* sobre o mundo, mas principalmente sobre o Teo. Ela me diz que já está tudo certo e que ele nascerá no dia 10 de setembro. Não estranho a certeza dela com a data: ela simplesmente sabe, como se o próprio Teo houvesse lhe comunicado, combinando com a mãe a hora em que chegará. Enquanto conversamos, o Manoel, pai do Teo, dorme profundamente no colo da Júlia, com a tranquilidade e a alegria de um bebê. Encerro a ligação pensando que, em breve, o Teo estará conosco e, que, no dia 10 de setembro, ele poderá finalmente abraçar a mãe que há meses ele ouve e sente, mas que ainda não viu e, com os olhos voltados para ela, dizer-lhe que ela é muito mais bonita do que ele imaginava.

𝍦 ||
28 de setembro de 2016

    Estávamos eu, você, a Ilana, a Diana, a Paloma, o Edu, o Jens e o Leo num rancho que era seu, comendo um maravilhoso churrasco gaúcho. Pena que não houve registro fotográfico.

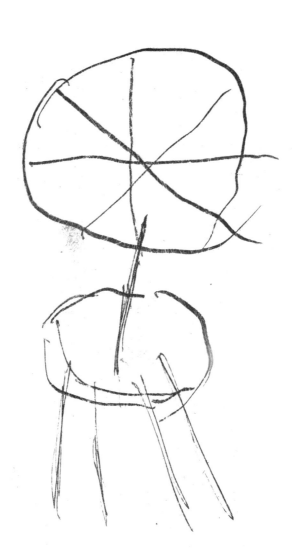

𝍦 |||
28 de setembro de 2016

    Fico sabendo que inventaram o pó de café da Peppa Pig. Uma mulher morena de cabelos longos, cujo rosto não lembro ter visto algum dia, aparece na sala do meu apartamento vestida com uma longa túnica azul clara com figuras pintadas em cinza escuro, em que se discernem um peixe, um martelo, um cubo, um pênis, uma bala, uma cabeça de homem, outra de ave e a *Roda de bicicleta* de Duchamp. Ela se oferece para me revelar o que significa sonhar com o café da Peppa Pig, mas prefiro não saber.

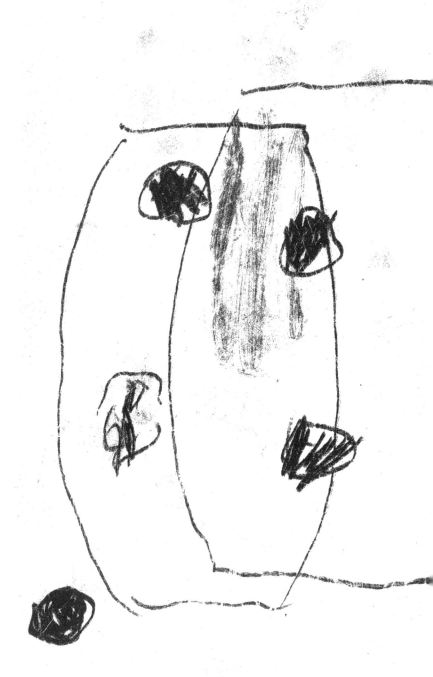

|||| ||||
8 de julho de 2017

Agora, sou um pão alemão daqueles que têm um monte de grãos em cima, como sementes de abóbora e de girassol. Mas não tenho o tamanho de um pão normal, e, sim, os meus 1 metro e 73 centímetros de altura. Sou quadrada e possuo braços. Pernas, não. Definitivamente, não as tenho. Não me importo de ser um pão. Pelo contrário: me farto comendo as sementes que brotam da minha pele tão logo as arranco. É com uma alegria imensa que sempre digo para o Eduardo enquanto as como: "Olha só que maravilha: elas se regeneram!".

|||| ||||
15 de julho de 2017

    Eu fatiava um bolo e guardava cada pedaço em caixinhas de lembrança, e você ajudava desastradamente o João a embrulhar um presente. Enquanto nos ocupávamos com essas tarefas, você me contava que o José Márcio havia ganho na loteria e ia correr o mundo. Era uma excelente notícia e a gente ficava muito alegre com ela.

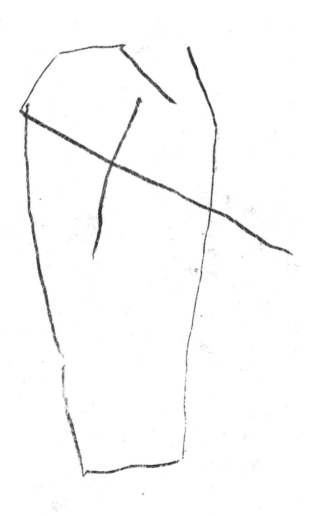

11 de agosto de 2017

Estou novamente trabalhando em redação de jornal, e a primeira reunião de pauta se dá em torno de um imenso caixão branco fechado usado como mesa. Todos sabem que há um cadáver lá dentro, mas ninguém parece se importar em saber de quem é.

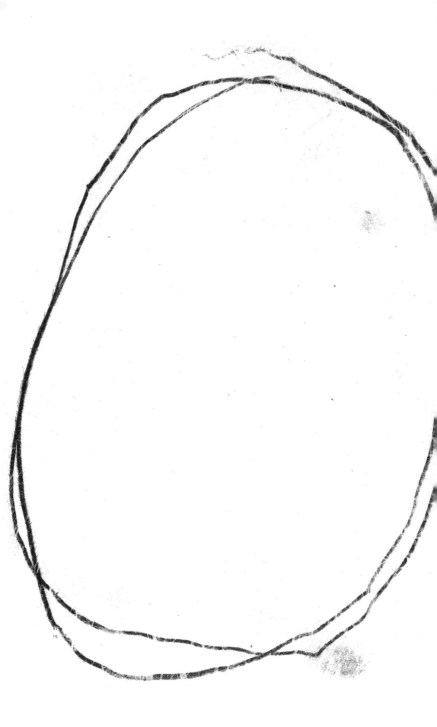

||||| ||||| ||
15 de agosto de 2017

    Ao colocar as lentes de contato nos olhos, noto que elas cresceram dentro do pote durante a noite e estão imensas, maiores do que meu olho, do tamanho de um botão de futebol de mesa. Elas se enroscam na minha mão de tão grandes que estão. Claro que não consigo colocá-las e, mesmo assim, talvez por perseverança, provavelmente por desespero, sigo tentando e machucando meu olho até acordar com o barulho de um caminhão desentupindo esgoto na rua.

||||| ||||| |||
16 de agosto de 2017

Você era minha paciente psiquiátrica. Não chegava a falar nada. E não usava camisa de força. Ainda não era preciso.

||||| ||||| ||||
17 de agosto de 2017

O Fabio está fazendo uma nova *assemblage* tão linda e tão diferente das que ele costuma fazer. Ela tem a estrutura de um pequeno armário de banheiro com espelho, daqueles que ficam em cima da pia. Só que ela é toda de madeira, aberta, sem espelho e pintada de branco (mal pintada, propositalmente tosca). Sobre essa espécie de armário, Fabio prega uma série de fragmentos de tecidos transparentes e pequenos papeis com escritos. Um deles diz: "isso não é um poema". E outro: "a imanência não é para os fracos". Outro ainda: "o inconsciente é completamente atemporal". Penso que devo contar o sonho no Facebook. Um carro estacionando na porta do prédio me acorda, eu levanto, abro o computador e narro o sonho na rede social. O Fabio, em seguida, comenta, e o Antonio também. Lembro que o Antonio diz: "Então quer dizer que as outras *assemblages* do Fabio não são lindas?". Ao que eu respondo: "Esta é diferente porque é etérea".

18 de novembro de 2017

Você não era você, mas um fantasma. Morava há muitos anos numa casa abandonada em Jacarta, no bairro rico da cidade. Essa casa seria demolida dali a algumas semanas e você não tinha ideia de para onde iria se mudar.

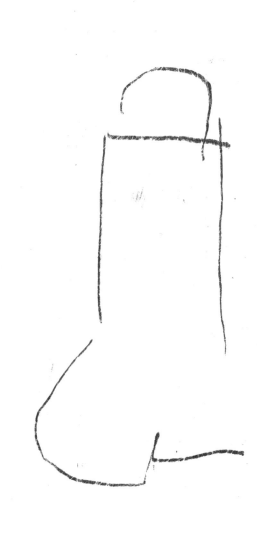

||||| ||||| ||||| |
22 de abril de 2018

No ambiente — um improvável misto de jumbo e sala de espera de aeroporto que se desdobra em dois níveis —, estão todos meus ex-colegas de escola, até mesmo aqueles com os quais pouco (ou nada) falava. Menos o Sandro. O Sandro não estava presente. Tento conversar com eles para saber como estão, mas eles não respondem: apenas me olham e riem. Quando vou insistir, Breno, o tísico da FFLCH, me interrompe, dizendo: "Conexão com os espíritos é mais ou menos como internet discada. Desiste". Enquanto ele fala, uma mãe de santo se aproxima do colega que sempre implicou comigo e sussurra em seu ouvido sem tirar os olhos de mim: "Ela é a mulher de Exu".

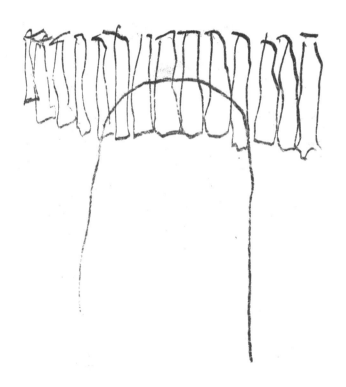

|||| |||| |||| ||
9 de outubro de 2018

Estávamos em sua casa. Havia uma biblioteca enorme e um *bunker* que só podia ser acessado quando uma das estantes era removida, como no antigo *Zorro*, com botãozinho e tudo. Você se divertia por horas abrindo e fechando a passagem, sem passar por ela.

||||| ||||| ||||| |||
1º de dezembro de 2018

Corro pelas ruas do centro de São Paulo, desviando dos passantes que lotam as calçadas mais do que o normal. Estou afobada e ainda vestindo a camisola azul de girafa. Entro correndo no supermercado e vou direto para a prateleira do leite. Pego o máximo de caixinhas que consigo carregar. Faz tempo que não se vê leite por menos de 2 reais.

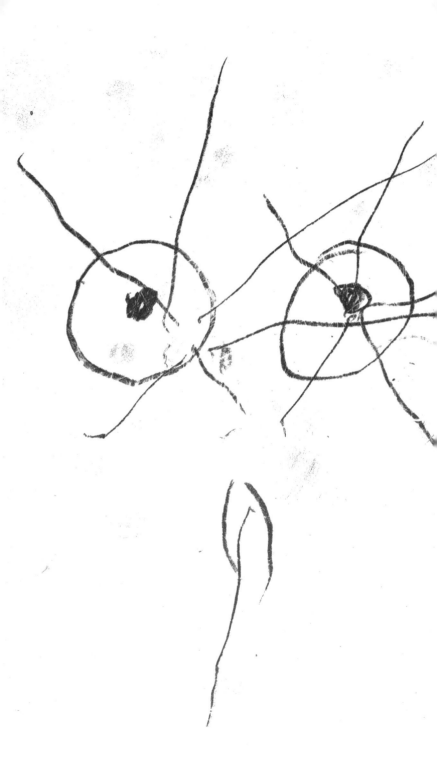

||||　||||　||||　||||
7 de maio de 2019

Na parada do ônibus, alguém — talvez um padre, talvez uma senhora — segura meu braço, olha bem nos meus olhos e diz: "Verônica, é preciso andar como se estivéssemos nus, livres, de cabeça erguida, seduzindo o mundo".

1º de maio de 2020

Eu e o Eduardo somos espiões e estamos numa esquina espreitando algum inimigo. Tentamos nos manter escondidos, atrás da porta de um restaurante e no mais profundo silêncio. Não podemos ser descobertos. Por isso, vestimos as roupas mais discretas de que dispomos: nossos blazers escuros sobre calças pretas. De repente, ouvimos a voz do Nuno, que se aproxima de nós por trás, berrando e entregando nossos disfarces: "Eduardo! Verônica! O que vocês estão fazendo aqui?".

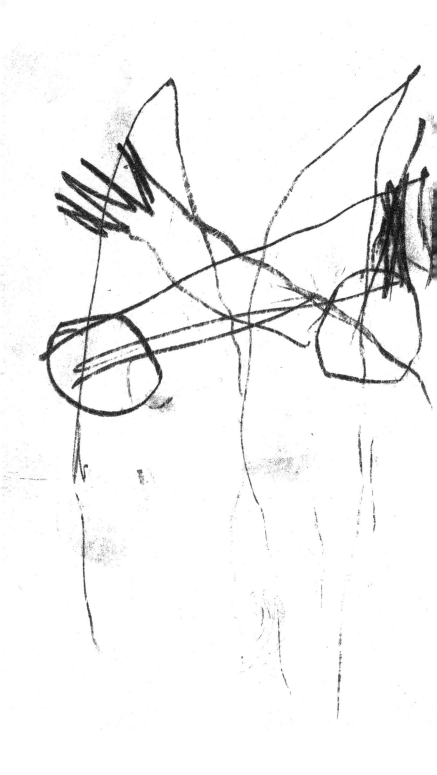

12 de maio de 2020

Estou na rua e reencontro amigos queridos, os quais beijo e abraço como sempre fiz. De repente, me dou conta de que não devia tê-los abraçado. É contra as regras. É perigoso.

||||| ||||| ||||| ||||| ||
10 de junho de 2020

Naquele dia, nos encontrávamos num supermercado, o mesmo que eu frequentava em Nova York nos primeiros meses deste ano fatídico. Andávamos entre aqueles produtos todos e parávamos diante de um pacote de panquecas francesas. Muitas vezes, parei diante desse pacote que existe ou existia naquele supermercado. Nunca comprei por puro preconceito: "Como assim empacotar crepes? Ah, isso não pode prestar". Mas você defendia o produto. Dizia: "São maravilhosas essas panquecas! Você ainda não as experimentou?".

||||| ||||| ||||| ||||| |||
17 de junho de 2020

 Eu estava num bar numa avenida do Butantã quando surgiu um cavalo imenso, não castrado, solto no meio dos carros, atrapalhando o trânsito. Ele estava em fúria, empinando e dando coices. Lembrei que o cavalo deveria ser do sujeito que dividia com o Edu uma casa que ficava num tipo de roça dentro da USP. Telefonei para o Edu avisando do perigo do cavalo solto. Mas eu mesma acabava pegando o cavalo e o levando para o meu apartamento. A notícia corria e juntava-se na porta do prédio uma pequena multidão. Todo mundo queria ver o cavalo. O dono do cavalo demorou muito para vir buscá-lo, e a situação foi ficando cada vez mais insustentável, porque aquele não era um cavalo de baixar a cabeça. Depois de muito tempo, vocês três apareciam para buscá-lo. Eram umas 23 horas. Formava-se uma aglomeração ao redor do cavalo, e vocês saíam com ela. Aparentemente, vocês tinham trazido ainda mais pessoas com vocês. Eu assistia a tudo através de um drone próximo à cena. Às vezes, parecia um bloco de carnaval, às vezes, uma fanfarra felliniana. Eram tempos de muita angústia e o que eu pensava era: essa cena foi feita para ser bonita e nos dar alegria. Ela também trazia esperança para todos os que acompanhavam o cortejo que avançava na noite.

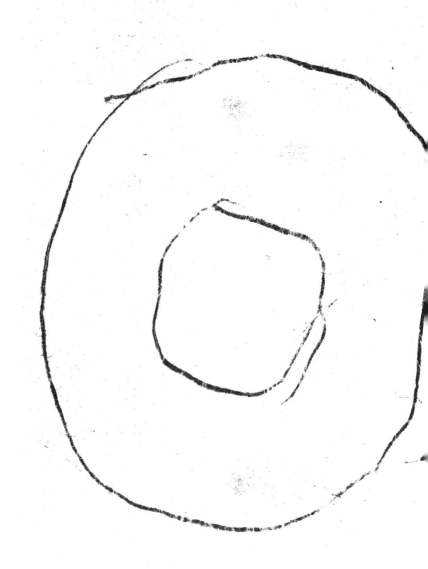

||||| ||||| ||||| ||||| ||||
18 de junho de 2020

Compro os CDs (são inúmeros) do *Turandot* por 5.942 dólares. O preço é, na verdade, 5 mil dólares, mas, lançado em nove vezes no cartão de crédito, recebe um acréscimo de quase 1 mil a mais. Quando me dou conta da besteira que fiz, fico desesperada, ainda mais porque não tenho como cancelar.

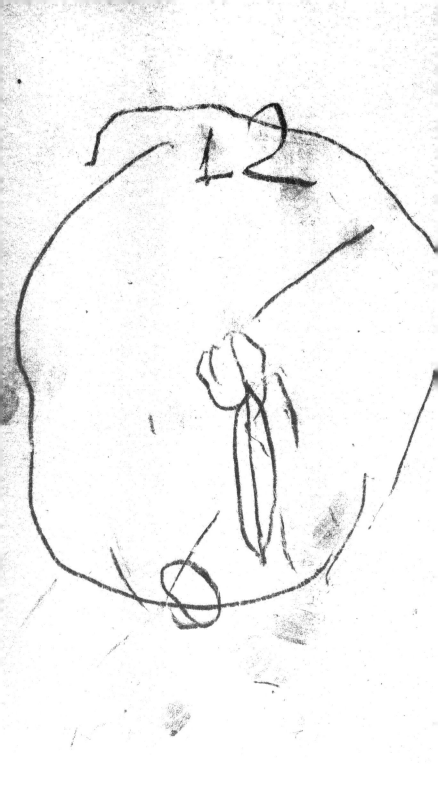

||||| ||||| ||||| ||||| |||||
15 de agosto de 2020

Um avião cai com parte da literatura brasileira contemporânea. Ele racha em dois quando toca a pista de Guarulhos às 14 horas e 30 minutos. Eu quase havia pego esse avião. Na verdade, quase havia adquirido passagem para esse voo, mas acabei mudando de ideia na última hora, porque a conexão ruim com a internet não me permitia completar a operação de compra. Por isso, termino voltando para São Paulo pela manhã mesmo.

|||| |||| |||| |||| |||| |
30 de agosto de 2020

Você ganhava direito de resposta no *Jornal Nacional* e ia na bancada e falava sem parar por cinco minutos, deixando todo mundo lá sem reação.

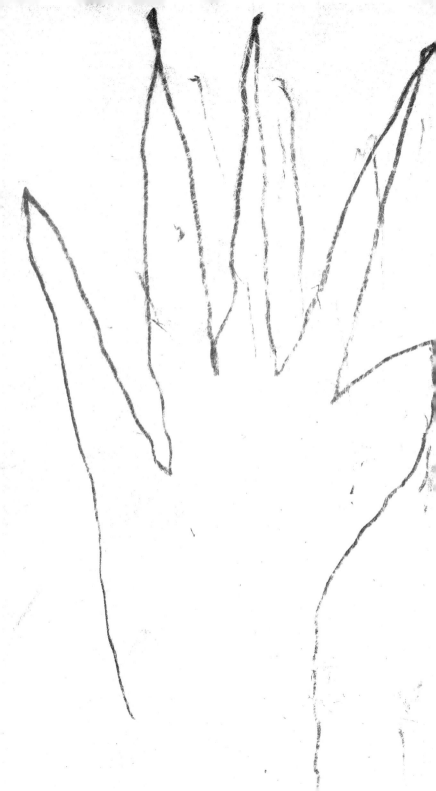

|||| |||| |||| |||| |||| ||
31 de agosto de 2020

 Estou no México, participando de uma reunião, que é para ser um café da manhã, em que nos servem arroz, feijão, carne e café. O encontro se dá num restaurante tipo boteco. A comida é um espetáculo e não sinto falta de pão, manteiga e queijo. Quem me acompanha é uma amiga de infância — ora a Daniela, ora a Letícia, ora a Eliane. Quando acabamos, essa minha amiga pega as comandas que o garçom havia colocado embaixo de nossos pratos para pagar a conta, mas o sujeito que encabeça a reunião as tira de sua mão. Diz ele que é tudo por conta da firma. Não tenho a menor ideia de quem seja esse sujeito, embora lembre vivamente de sua figura: alto, moreno, com bigodão, nem gordo, nem magro, mas meio flácido, vestido com calça e camisa soltas conforme a moda dos anos noventa. Há, na mesa, mais dois homens e uma mulher que desconheço e com os quais não troco palavra. Quero sair dali o mais rápido possível porque preciso trocar de roupa para ir a outra reunião. Eu e minha amiga pegamos então um táxi, dirigido por uma mulher, que leva outra mulher no banco do carona. As duas riem muito das luvas azuis escuras que uso. Recosto a cabeça no alto do assento do carro e durmo. Sou acordada por um grilo que pula no meu rosto.

||||| ||||| ||||| ||||| ||||| |||
14 de setembro de 2020

    Eu e a Lena, minha irmã, estamos em Fernando de Noronha. Só estamos nós duas na praia e eu pergunto o que ela acha de ficarmos lá por uma semana, sem fazer nada. Ela topa. Voltamos para o hotel, onde encontramos o Eduardo, e vamos ver os preços de passagens para volta, porque não as havíamos comprado ainda. A mais barata, para o sábado, está custando 725 reais. As outras passam de mil. Não sei se partimos ou ficamos mesmo por ali. Só sei que me recosto na cama e durmo a tarde inteira.

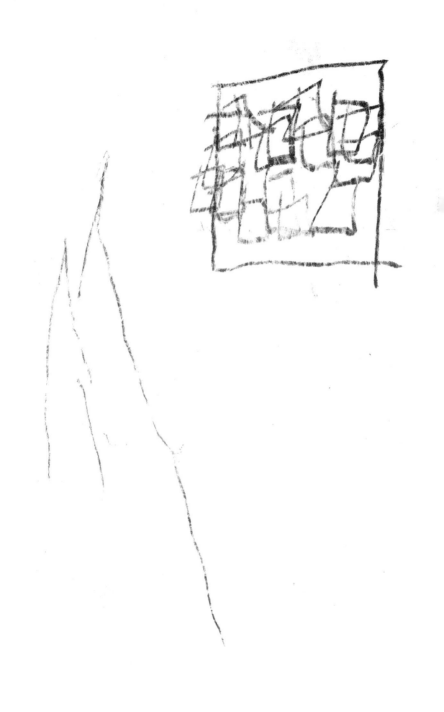

||||| ||||| ||||| ||||| ||||| ||||
20 de setembro de 2020

Eu e o Eduardo entramos numa casa, descobrimos uma cama de casal e ali ficamos, sem saber muito bem onde estamos e se aquela casa é habitada ou não. Eu acho que é habitada, mas o Eduardo não, acha que está vazia. Não vamos até os outros cômodos da casa para nos certificar se ela está, de fato, inabitada. Para mim, é uma casa de velhas e elas estão mortas: foram assassinadas e nós seremos apontados como culpados, porque há nossas digitais por todo o quarto. Depois de dias deitados na cama, decido me levantar e ver o que tem no fundo da casa. É aí que avisto uma mulher andando para lá e para cá num outro quarto. Volto para a cama para avisar o Eduardo que vi esta mulher e que ela parece ser magrinha. O Eduardo diz para eu parar com loucuras, mas eu insisto e ele então também se levanta e vai até os fundos. Lá está a mulher, que ele, agora, também vê. Tomamos coragem e vamos até o quarto dela. Quando chegamos lá, percebemos que ela não está só. Outra mulher está deitada na cama, de costas, coberta até o nariz, como se fosse uma velhinha ou o lobo mau de *Chapeuzinho Vermelho*. A primeira mulher nos fala uma série de coisas sem sentido. O Eduardo me puxa de lado e me faz ver que, num painel pregado à parede, está afixado um monte de folhas de papel com manuscritos contendo piadas a nosso respeito, reproduzindo tudo que dissemos naquela casa. Um dos papéis é claramente um roteiro para um curta-metragem, em que nós somos os personagens principais.

27 de setembro de 2020

    Estamos eu e o Eduardo numa grande festa porque seremos os primeiros a ser vacinados. Comemos, bebemos e dançamos a valer com um monte de gente conhecida. A vacina será dada no palco de um grande teatro para onde todos serão levados no momento determinado. Eu serei a primeira de todas e já sou encaminhada para o palco. Sento-me então numa poltrona a esperar que o teatro se encha para a grande atração. Mas o médico responsável pela aplicação não vem nunca. Então, para entreter os espectadores que já lotam a sala, eu desço do palco e, vestida com um macacão branco de *lycra*, canto e danço como a Diana Ross.

|||| |||| |||| |||| |||| |||| |
5 de outubro de 2020

A Bocca della Verità não é uma boca, mas um cu com três furos. Não fica na Itália, mas no Brasil. E as pessoas têm igualmente medo de botar os dedos no cu.

O SONHO COMO GESTO

*Os sonhos falam em nós o que
nenhuma palavra sabe dizer*
Mia Couto

Vestígios, restos diurnos, via régia do inconsciente, tão íntimos e tão exteriores, os sonhos são uma báscula do dentro e fora que perturba, acalma, delicia, realiza. Compartilhá-los é um gesto que convida ao seu próprio exercício que é, por excelência, de interpretação. O que ele cifra, por que ele cifra? O que isso quer?, dizia Lacan que era o que precisávamos ler nesse texto que desloca e condensa, que mostra e desvela, que monta e desmonta. O sonho também protege, ainda mais nesses nossos tempos. Seu trabalho também consiste em dar forma ao insuportável, em ser um modo de elaborar a crueldade dos dias, o descaso, o abandono, dar um contorno para os afetos inominados que tantas vezes nos tomam de assalto.

Nessa formação do inconsciente vamos lendo, decifrando, como dizia Freud, uma lógica, uma gramática, uma língua muito particular que nem sabíamos que existia. Freud dizia também que cada sonho tem um umbigo, espécie de buraco negro do indizível, resto indecifrável que segue seu rumo nas galáxias construídas que tentam se materializar nas palavras que usamos para dar notícias desses pequenos delírios cotidianos. Freud fez da interpretação dos sonhos uma prática, uma ciência, mas sem perder a poesia que nele se imprime, sem perder o horror que nele se apresenta, sem deixar de ver o impossível que ele tenciona e perfura. Freud deu ao sonho um valor de uso, essa foi uma das grandes viradas do século XX no ocidente: os sonhos valem menos pelo seu conteúdo e muito mais pelo que eles associam e agenciam.

Sonhar é um gesto de fazer existir o que inexiste. É sua potência e seu enigma. Quem está disposto a falar sobre seus sonhos e, mais ainda, a ouvir o que os sonhos falam em cada um de nós, está disposto a conhecer um saber não sabido, a percorrer uma aventura que nos pede certa coragem. É um modo também de aprender a ler que, paradoxalmente, nos leva a uma sorte de desalfabetização, ao rébus constitutivo de toda língua. Lê-se por perda e não por ganho, lá onde o eu achava-se senhor em sua morada, passa a habitar um estranho íntimo, que faz as certezas vacilarem e as verdades ganharem uma névoa espessa, que abre à outra cena do mundo, lá onde o inesperado traz suas surpresas. Experimentamos um tanto de coisas sonhando: a vida se amplia em abismos terríveis nos pesadelos, nos gritos sem sons dos sonhos de angústia, samambaias dão frutos, viramos espiões, lançamos discos de pagode. A terceira pessoa aqui, não é por acaso, os "você" que aparecem nos sonhos contados por Veronica nos envolve, nos faz pertencer e entrar na sua vida onírica. Mas também porque sonhar é descentrar-se, é deslocar e condensar, é tornar-se outro de si mesmo, é nossa maneira de frequentar outros mundos. Nossos sonhos, de alguma maneira, nos contam de nós mesmos, mas também contam o que os outros contam da gente. Por isso, eles são também um modo de partilha, um termômetro de como anda o nosso "comum". Então, compartilhar nossos sonhos, para além dos sentidos mais íntimos que eles possam ter, é dar a eles um lugar importante na nossa partilha do sensível. Ailton Krenak pensa o sonho como uma instituição e diz que contá-los às pessoas com quem se tem uma relação, faz deles um lugar de veiculação de afetos e permite ver como os sonhos afetam o mundo sensível. Ao serem contados, os sonhos estabelecem as redes de associações para o amanhecer. Os afetos circulam, tocam cada corpo e isso podemos ver na entrada do primeiro sonho contado por Veronica na Pandemia. Os afetos são outros, angústia, desespero, asfixia, e assim contam da transformação da nossa atmosfera. E a aposta é, justamente, como diz Krenak, que eles tenham um efeito de transformação. O sonho é o lugar reservado para perguntar coisas aos outros entes, para imaginar outras paisagens, para se associar a outros mundos e existências. Davi Kopenawa mostra a profunda relevância política dos sonhos para os Yanomami e diz que nós, brancos, não sabemos sonhar, que sonhamos apenas com nós mesmos. É verdade. E é verdade também que para não querer saber nada dos nossos sonhos transformamos eles mesmos em mercadorias, em metas a serem atingidas, numa espécie de desapropriação que retira da vida sua matéria complexa, cheia de nuances, de marcas. É por isso que a psicanálise se interessa tanto pelo que eles associam, porque eles se afastam da ilusão, da distração, do "não passou de um sonho". Eles são capazes de engendrar coisas inimagináveis e, por isso, não se encerram ali. Se viver é perigoso, sonhar é mais ainda.

O LIVRO DOS SONHOS têm dois tipos de escrita, a dos sonhos propriamente ditos e a dos desenhos de Eduardo Sterzi. Os desenhos dizem muito do que Freud entendia pela estrutura de transferência dos sonhos, a saber, condensação e deslocamento. Eles não descrevem cada um, mas aludem aos seus movimentos, fixam algum ponto narrado, um traço que permite que haja furos, pontos de irrepresentável e que mostram que todo sonho tem seu tanto de inenarrável, sua parte que nos faz despertar.

Quer dizer, os sonhos não são lugares, apenas, de arquivos da memória, são também os lugares de falha, de inacabamento, de produção. São seus espaços vazios que nos levam à sua força criativa e seu umbigo, nosso ponto de partida. Se eles não representam tudo é para indicar que há sempre o imponderável. Um dos sonhos de Verônica conta de um encontro porvir, um sonho com o filho de uma amiga, o Téo, do encontro com a beleza e o amor de uma mãe. Um dos momentos de trabalho neste texto foi uma linda manhã de sol enquanto meu pequeno Caetano se deliciava com "sonhinhos" cobertos de açúcar. Fiquei pensando nesse dia sobre a importância de ser sonhado e que, para sonhar, é necessário, em alguma medida, ter sido sonhado porque é assim também que somos inscritos pelo outro em algum lugar do seu desejo. Nosso tempo está marcado pela tristeza da Pandemia e, aqui, agravado pelo horror da política de morte do governo. Não podemos esquecer que uma política genocida é aquela, justamente, que não sonha um futuro. Nada a construir, tudo a destruir. É por isso que é importante lembrar que nunca sonhamos sozinhos e nem sonhamos só para nós mesmos. Sonhar, nos nossos tempos, é produzir uma máquina de guerra para nos experimentarmos outros, para tecer línguas, afetos, seres que povoem os mundos que estão para ser inventados.

Flávia Cêra
Agosto de 2021

Índice de conteúdo

À boca do bosque: ascendendo as velas!...................... 5
O livro dos sonhos: exercícios de onirocrítica............ 11
O sonho como gesto.. 73
Índice de conteúdo.. 77
Notas biográficas.. 78

Eduardo Sterzi nasceu em Porto Alegre em 1973 e desde 2001 vive em São Paulo. É professor de Teoria Literária na Universidade Estadual de Campinas (Unicamp, Brasil). Publicou, entre outros, *Por que ler Dante* e *A prova dos nove: alguma poesia moderna e a tarefa da alegria*. Organizou *Do céu do futuro: cinco ensaios sobre Augusto de Campos*. É autor também dos livros de poesia *Prosa*, *Aleijão* e **Maus poemas** e das peças teatrais reunidas em *Cavalo sopa martelo*. Com *Prosa*, ganhou o Prêmio Açorianos de Literatura, como Autor-Revelação em Poesia, e, com *Aleijão*, o segundo lugar do Prêmio Alphonsus de Guimaraens, da Fundação Biblioteca Nacional. Como curador, foi responsável, com Veronica Stigger, pela exposição *Variações do corpo selvagem: Eduardo Viveiros de Castro, fotógrafo*, montada no Brasil, na Alemanha e em Portugal — da qual saiu o livro de mesmo título. Dedica-se também à fotografia, ao desenho e à pintura.

Veronica Stigger nasceu em Porto Alegre em 1973 e desde 2001 vive em São Paulo. É escritora, crítica de arte, curadora independente e professora na Pós-Gradução Lato Sensu em Histórias das Artes da Fundação Armando Álvares Penteado (FAAP). Publicou doze livros de ficção, entre os quais, estão: *Opisanie świata* (2013), *Sul* (2016) e *Sombrio ermo turvo* (2019). Com *Opisanie świata*, seu primeiro romance, recebeu os prêmios Machado de Assis, São Paulo (autor estreante) e Açorianos (narrativa longa). Com *Sul*, angariou o Prêmio Jabuti. Alguns de seus contos foram traduzidos para o catalão, o espanhol, o francês, o sueco, o inglês, o italiano, o alemão e o indonésio. E os livros *Opisanie świata* (México: Antílope / Buenos Aires: Sigilo), *Sul* (Buenos Aires: Grumo) e *Massamorda* (Revoltijo, Córdoba: La Sofia Cartonera) foram traduzidos para o espanhol. Como curadora, foi responsável, entre outras, pelas exposições *Maria Martins: metamorfoses*, *O útero do mundo*, com Eduardo Sterzi, *Variações do corpo selvagem: Eduardo Viveiros de Castro, fotógrafo*, e, com Eucanaã Ferraz, *Constelação Clarice*.

Este livro foi composto em Linux Libertine
e impresso pela gráfica Graphium
no verão de 2023.